ANTICS!

An Alphabetical **Ant**hology

CATHI HEPWORTH

G. P. PUTNAM'S SONS • NEW YORK

A

Manufactured in China by South China Printing Co. Ltd.
Designed by Carolyn T. Fucile. Text set in Times.
Library of Congress Cataloging-in-Publication Data   Hepworth, Catherine.
Antics! : an alphabetical anthology / Cathi Hepworth.   p.   cm.
Summary: Alphabet entries from A to Z all have an "ant" somewhere in the word,
such as E for Enchanter, P for Pantaloons, S for Santa Claus, and Y for Your Ant Yetta.
1. English language—Alphabet—Juvenile literature. [1. Alphabet.] I. Title.
PE1155.H47 1992   421'.1—dc20   91-2672
ISBN 0-399-24184-1
1   3   5   7   9   10   8   6   4   2

Z

For Brad,
and for Mom, Dad, Dave,
John, Jenni, Becki, and Ami . . .
"the Neandersons"

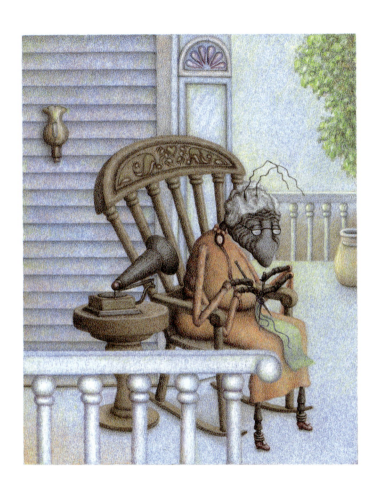

Antique

Brilliant

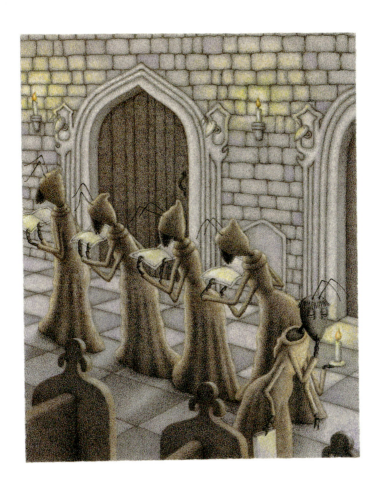

Chant

Deviant

Encha**n**ter

Flamboy**ant**

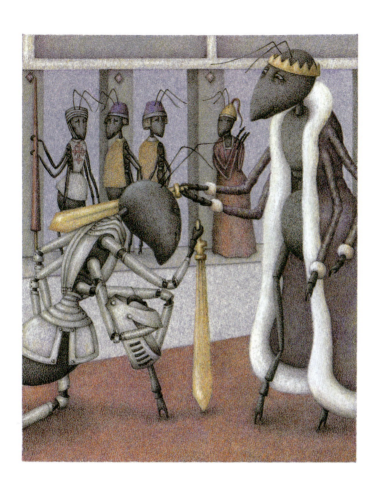

Gallant

Hesit**ant**

Immigr**a**n**t**s

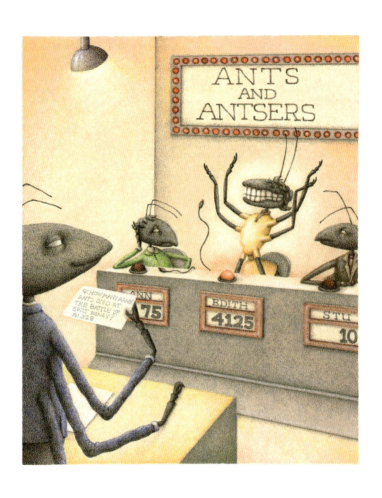

Jubil**ant**

Kant

Lieuten**a**nt

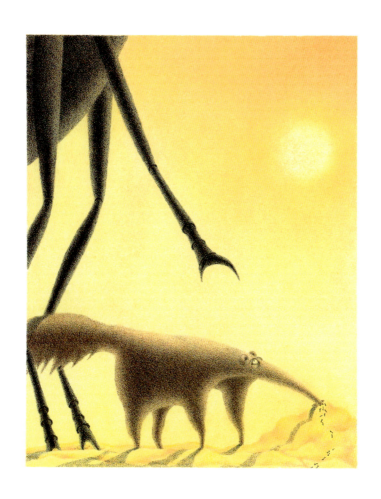

Mutant

Nonchal**ant**

O b s e r v **a n t**

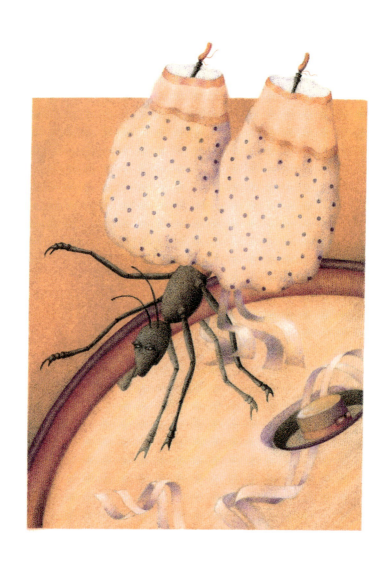

Pantaloons

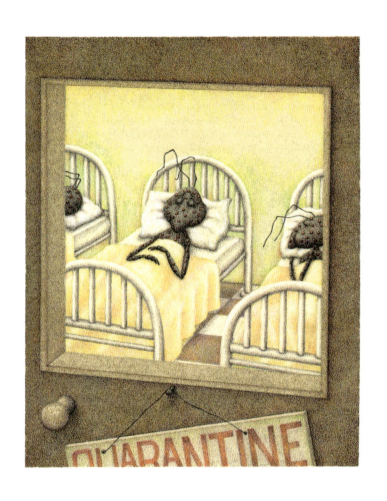

Q u a r a n t i n e

Rembr**ant**

Santa Claus

Tan**t**rum

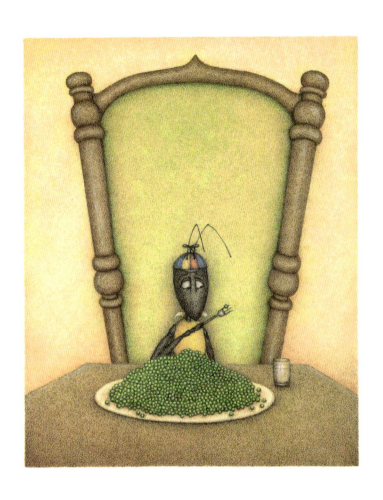

Unpleas**ant**

Vigil**ant**es

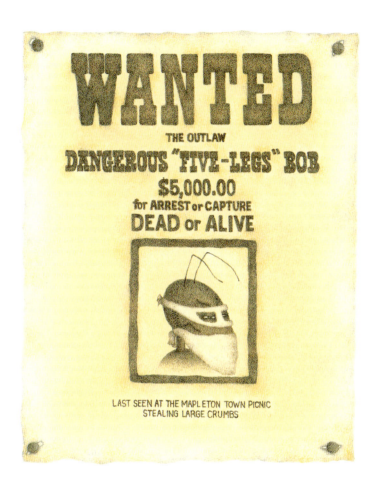

Want**ed**

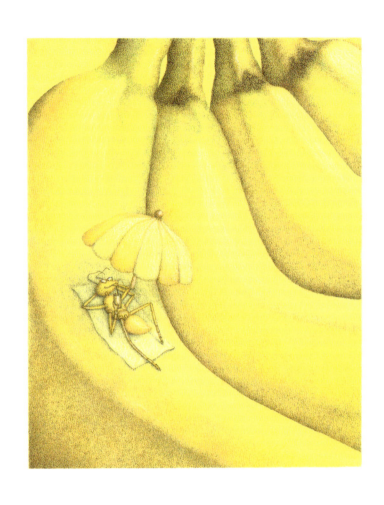

Xanthophile

Your **Ant** Yetta

AntzzzzzZ